SOUVENIRS DE L'INVASION

LE LACHE

PAR

LÉON BARBETTE

Prix...... 50 centimes

SE TROUVE :

A LISIEUX, chez tous les libraires, et chez l'auteur,
route de Livarot

LE LACHE

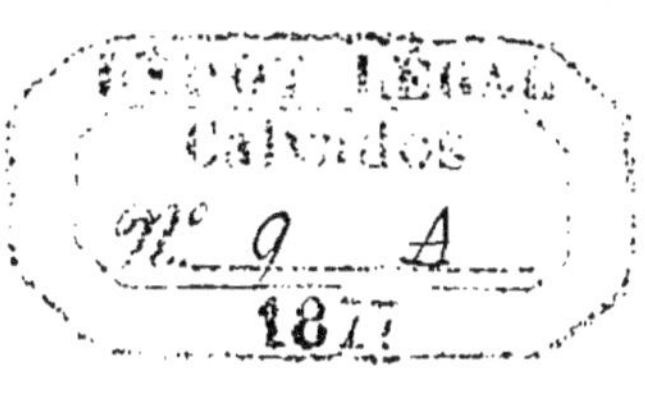

POUR PARAITRE PROCHAINEMENT

LA FOLLE D'ALSACE

BROCHURE IN-8°

Léon BARBETTE

SOUVENIRS DE L'INVASION

LE LACHE

LISIEUX

Imprimerie LAJOYE-TISSOT, Mme LEFEVRE-LAJOYE, Successeur

Rue du Bouteiller, 26 et 28

HEURES D'ÉPREUVES

— SONNET —

A mon ami, Pierre LEBOUCHER.

———

Quand l'adolescent voit que l'on oppose
A ses premiers pas, sarcasme ou dédain,
Il souffre en silence et rarement ose
Rendre dent pour dent, venin pour venin.

Mais lorsqu'en son cœur l'amitié dépose,
Pour le soutenir, quelque doux levain,
Le bonheur renaît et métamorphose
En suave joie, un profond chagrin.

Qu'à plaindre est celui qui doit, dans la vie,
Sans cesse lutter contre l'âpre envie
De fats insolents, riches parvenus,

Et qui pour tout bien n'a que son courage,
Faible bouclier, contre un entourage
Hostile souvent aux jeunes débuts.

QUELQUES MOTS AU LECTEUR

Lorsque l'année dernière on me fit l'honneur de déclamer LE LACHE, *au théâtre, mes amis m'engagèrent à le publier.*

Je n'en ai rien fait et pour cause.

Certaines personnes ont cru voir dans cette pièce, une allusion politique à laquelle je n'ai jamais songé.

La politique est un terrain dangereux et brûlant que j'ai, jusqu'à ce jour, évité avec soin et que j'éviterai le plus longtemps qu'il me sera possible.

Pendant la néfaste guerre de 1870-71, plusieurs journaux ont flétri, comme il convenait, la conduite d'indignes Français, rares il est vrai, jeunes et robustes qui pour se soustraire aux obligations du service militaire avaient fui à l'étranger.

Cette façon d'entendre le patriotisme m'a frappé, et la pénible impression que j'en ai ressentie m'a fait faire cette pièce.

Le Lache, tel que j'ai essayé de le présenter, est donc un type et non une personnalité, et, pour empêcher toute fausse interprétation, j'ai cru devoir changer quelques vers et localiser les faits.

Ainsi modifié, j'ose espérer qu'il ne froissera aucune susceptibilité de parti et que le public fera un bienveillant accueil aux quelques pages que je viens lui soumettre aujourd'hui.

Léon BARBETTE.

LE LACHE

—◦◊◦—

A M. H. PAUL.

I

Ils avançaient nombreux, ivres de sang français,

Respirant le carnage et fiers de leurs succès,

Semant partout la mort, la ruine, l'infamie,

Et tous ces maux enfin qu'une armée ennemie,

Foulant aux pieds les lois, l'honneur, l'humanité,

Commet par soif de haine ou par férocité !...

Et nous n'étions point prêts pour la guerre !... La France,

Surprise, n'avait pu préparer sa défense.

Mais il était trop tard, hélas ! pour reculer,

Et l'on ne songeait pas, certe, à capituler.

Nous les avions comptés ! contre un ils étaient quatre !...

Mais qu'importait leur nombre, il les fallait combattre,

Défendre pied à pied, nos villes, nos hameaux ;

Mettre un frein à leur rage, un arrêt à nos maux !...

Qui pouvait hésiter ? — Maîtrisant ses alarmes,

Pour sauver son pays, chacun courait aux armes ;

Tous faisaient leur devoir, tous... un seul excepté,

Un seul qui pour devise avait pris : « LACHETÉ ! »

Des femmes, des vieillards, ont prouvé leur courage,

L'une oubliait son sexe et l'autre son grand âge ;

Mais lui, fuyant la France à l'heure du danger,

S'en fut cacher sa honte en pays étranger.

Eh ! qu'importait pour lui l'honneur de sa patrie,

Qu'importait à son âme, égoïste, avilie,

Que la France succombe, et qu'un cruel vainqueur,

Sans pitié du vaincu, vienne broyer son cœur.

Maintenant de retour, il voudrait notre estime.

Il veut que l'on oublie et sa honte et son crime ;

Non, sa défection nous a frappés d'horreur,

Nous pardonnerions tout, hormis le déshonneur !...

Ah ! de ce crime-là, nous sommes solidaires,

Car il était Français et les Français sont frères ;

Membre de la famille, il en fut le paria :

Il nous a tous trahis, puisqu'il nous renia !...

Français, non... je me trompe, un Français n'est point lâche,

S'il eût été Français, il eût rempli sa tâche.

Il nous a méconnus, nous le méconnaissons ;

Il nous a reniés, nous, nous le méprisons !...

Sois pour lui sans pitié, ville qui l'as vu naître,

Jamais trop de mépris ne peut payer un traître !

Et s'il a su souiller le vieux nom Lexovien,

Qu'il trouve son vengeur dans chaque citoyen.

II

Femme, ô femme, dis-moi, toi qu'il nomme sa mère,

Dis, lui conseillais-tu de fuir en Angleterre,

D'oublier son pays, qu'on venait opprimer ?...

Ah ! s'il en est ainsi, tu ne sais pas aimer,

Et ton trop faible amour n'en a point fait un homme,

Mais un être hésitant, que pour lâche on renomme.

Que ne lui parlais-tu de ses nobles aïeux :

Ce furent des héros ; il était fils de preux...

Et l'homme auquel il doit son nom et l'existence,

Fut un brave soldat, connu par sa vaillance,

Esclave du devoir, intrépide à l'excès,

Fier de servir la France et d'être né Français.

Hélas ! trop tôt pour lui, la tombe s'est ouverte,

Chacun le regrettait, funeste était la perte,

Car on peut l'affirmer, le pays en ce jour

Voyait périr un fils digne de son amour !...

Il aimait sa patrie et sut mourir pour elle,

Sans songer, un instant, à la trouver cruelle ;

Il ne la fuyait point, et même, sans espoir,

Jusqu'à la dernière heure, il a fait son devoir.

.   .   .   .

.   .   .   .

Que ne peut-il sanglant se dresser devant lui,

Le poursuivre toujours, sans trève, ni merci :

« Lâche, lui dirait-il, lâche, tu vis encore,

« Tu me couvres de honte et tu me déshonore,

« Je t'aimais bien pourtant, mais tu n'es plus mon fils,

« Fuis, ô fuis loin de moi, lâche, je te maudis !... »

Lisieux. — Typ. Lajoye-Tissot, Mme Lefevre-Lajoye succ.

LISIEUX. — Imprimerie LAJOYE-TISSOT

Mme LEFÈVRE-LAJOYE, Successeur, rue du Bouteiller, 26 et 28